Me encantan los Saturdays y los domingos

Alma Flor Ada

ilustrado por Elivia Savadier

ALFAGUARA

ALFAGUARA

Título original: *I Love Saturdays y domingos*
© Del texto: 2002, Alma Flor Ada
© De las ilustraciones: 2002, Elivia Savadier
Publicado en español con la autorización de Atheneum Books,
un sello de Simon & Schuster Children's Publishing Division, Nueva York.

© De esta edición:
2004, Santillana USA Publishing Company, Inc.
2023 NW 84th Avenue
Miami, FL 33122, USA
www.santillanausa.com

Traducción de Alma Flor Ada
Cuidado de la edición: Isabel Mendoza

Alfaguara es un sello editorial del **Grupo Santillana**. Éstas son sus sedes:

ARGENTINA, BOLIVIA, CHILE, COLOMBIA, COSTA RICA, ECUADOR, EL SALVADOR,
ESPAÑA, ESTADOS UNIDOS, GUATEMALA, MÉXICO, PANAMÁ, PARAGUAY, PERÚ,
PUERTO RICO, REPÚBLICA DOMINICANA, URUGUAY Y VENEZUELA.

ISBN 10: 1-59437-576-3
ISBN 13: 978-1-59437-576-7

Published in the United States of America
Printed in Colombia by D´vinni S. A.

14 13 12 11   5 6 7 8 9 10 11

Para Timothy Paul, Samantha Rose, Camila Rosa,
Daniel Antonio, Victoria Ana, Cristina Isabel, Jessica Emilia,
Nicholas Ryan y sus primos Julian Paul, Emily Flor,
Ethan Franklin, Via, Aidan y Robert Rey.
A.F.A.

Para Sadye, con el cariño de mamá.
E. S.

Los sábados y los domingos son mis días especiales.

A los sábados les digo *Saturdays*, ya verán por qué

Los *Saturdays* voy a visitar a *Grandpa* y *Grandma*.

Grandpa y *Grandma* son los padres de mi papá.

Siempre se alegran de verme.

Cuando entro a la casa digo: *"Hi, Grandpa! Hi, Grandma!"*.

Y ellos dicen: *"Hello, sweetheart! How are you?*

Hello, darling!".

Paso los domingos con Abuelito y Abuelita.

Abuelito y Abuelita son los padres de mi mamá.
Siempre se alegran de verme.

Al bajar del carro los saludo:

—¡Hola, Abuelito! ¡Hola, Abuelita!

Y ellos me dicen:

—¡Hola, hijita! ¿Cómo estás? ¡Hola, mi corazón!

Los *Saturdays, Grandma* me sirve el desayuno: leche, huevos revueltos y *pancakes*.

Los *pancakes* son esponjosos. Me encanta ponerles un montón de miel.

Grandma me pregunta: *"Do you like them, sweetheart?"*.

Y yo contesto: *"Oh, yes, Grandma. I love them!"*.

Los domingos, Abuelita me sirve un vaso grande de jugo de papaya y un plato de huevos rancheros. Los huevos rancheros son exquisitos. Nadie los hace tan bien como Abuelita.

Abuelita me pregunta si me gustan:

—¿Te gustan, hijita?

Trago lo que tengo en la boca y luego contesto:

—Sí, Abuelita, ¡me encantan!

Grandma tiene un gatito. Se llama *Taffy*, que quiere decir melcocha.

Ruedo en la alfombra y lo llamo: "*Come, Taffy, let's play!*".

Abuelita tiene un perro. Se llama Canelo.

Cuando salgo al jardín, Canelo me sigue.

Yo lo llamo: —Ven, Canelo. ¡Vamos a jugar!

Grandma colecciona lechuzas.

Cada vez que va de viaje con *Grandpa* trae
de recuerdo una lechuza para su colección.

Son todas distintas. Las cuento para ver
cuánto ha crecido su colección: *One, two, three,
four, five, six, seven, eight, nine, ten, eleven,
twelve...*

A Abuelita le encantan los animales. Cuando era pequeña vivía en una granja. Ahora se alegra de tener un patio grande donde puede criar gallinas.

Una de sus gallinas ha estado empollando huevos por muchos días. Los pollitos acaban de nacer. Los cuento: Uno, dos, tres, cuatro, cinco, seis, siete, ocho, nueve, diez, once, doce...

Un *Saturday*, *Grandpa* y *Grandma* ponen una película sobre un circo, en video.

"*I like the circus, especially the lions and tigers*", dice *Grandpa*.

"*And the giraffes*", dice *Grandma*.

Cuando *Grandpa* y *Grandma* me preguntan qué parte me gusta más, les contesto:

"*I like the mother elephant and her little elephant best.*"

Un domingo, Abuelito y Abuelita me llevan al circo.

—Me encanta el circo, Abuelito —le digo.

—Mira los leones y los tigres —dice Abuelita.

—¡Y las jirafas! —añade Abuelito.

Cuando me preguntan qué es lo que más me gusta, les digo:

—La mamá elefanta y su elefantito.

Grandpa tiene una pecera preciosa.

La mantiene muy limpia.

"Look at that big fish!", dice *Grandpa*.

Y señala un pez grande y amarillo.

"I like the little ones", le contesto.

Es divertido observar los peces grandes
y pequeños. Los miro con la nariz pegada contra
el cristal por un buen rato, *for a long time.*

Abuelito me lleva a la playa. A él le encanta caminar junto al mar. Nos sentamos en un muelle y miramos el agua.

—Mira ese pez grande —dice Abuelito. Y señala un pez grande.

—Me gustan los chiquitos —le contesto, y le muestro unos pececitos plateados que están comiendo junto a una roca.

Nos quedamos en el muelle un buen rato.

Grandpa sabe que me encantan las sorpresas. Un *Saturday* me recibe con un montón de globos. Los ha inflado para mí. Parecen un enorme ramo de flores: *yellow, red, orange, blue, and green.*

"What fun, Grandpa!", le digo y corro con mis globos por todo el patio.

Un domingo, Abuelito tiene una
sorpresa especial para mí. Me ha
hecho un papalote con papel de colores.
El papalote parece una mariposa
gigante. Tiene amarillo, rojo,
anaranjado, azul y verde.

—¡Qué divertido, Abuelito!
—le digo. Y agarro el cordel
de mi papalote que vuela
muy alto.

A *Grandpa* le gusta contarme cuentos.

Me cuenta que su madre, su padre y su hermano mayor vinieron a los Estados Unidos desde Europa en un barco muy grande.

También me cuenta de su niñez en la ciudad de Nueva York. Repartía periódicos por las mañanas, antes de ir a la escuela, para ayudar a su familia.

A Abuelito también le gusta contarme cuentos.

Me cuenta de su niñez en un rancho en México.

Trabajó en los sembrados desde muy pequeño.

También me cuenta cómo su padre viajó a Texas
en busca de trabajo, y Abuelito se quedó a cargo
de su familia. ¡Y sólo tenía doce años!

A *Grandma* le gusta hablarme de su abuela,
cuyos padres vinieron a California en un carromato.
Fue un viaje largo y difícil.

La abuelita de *Grandma* nació en el viaje. Luego
se hizo maestra.

Grandma se siente muy orgullosa de su abuela.
I feel proud, too.

A Abuelita le gusta hablarme sobre su abuelita y su mamá. La familia de su abuelita es indígena.

Abuelita está muy orgullosa de su sangre indígena porque los indígenas saben amar la naturaleza.

Abuelita se siente muy orgullosa de su herencia, y yo también me siento orgullosa.

Es mi cumpleaños. *Grandpa* y *Grandma* vienen
a mi casa. Me han traído una muñeca nueva.

Grandma le hizo un vestido azul, mi color
favorito.

"*What a beautiful doll, Grandpa!*", le digo y le
doy un beso.

"*What a pretty blue dress!*", digo. "*Thank you,
Grandma. I love you very much!*".

Abuelito y Abuelita también vienen a mi casa.

Abuelito me hizo una casa de muñecas.

Abuelita me hizo un vestido para mi fiesta de cumpleaños. Es idéntico al de mi muñeca nueva. ¡Abuelita y *Grandma* tienen que haber planeado juntas esta sorpresa!

—¡Qué linda casa de muñecas, Abuelito! ¡Gracias! —le digo y le doy un gran abrazo.

—¡Y qué bonito vestido azul, Abuelita! El azul es mi color favorito —le digo—. Gracias, Abuelita. Te quiero mucho.

Todos mis primos y mis amigos vienen a mi fiesta.

Nos reunimos para romper la piñata que Mamá ha llenado de caramelos y sorpresas.

Abuelito sujeta la soga para hacer que la piñata suba y baje.

Nos ponemos en fila. Los niños más pequeños van primero.

Abuelita nos tapa los ojos con un pañuelo para que no podamos ver la piñata.

Por fin apago las velitas y corto el pastel.
Todos cantan *"Happy Birthday"*. Después cantan
"Las mañanitas". Dice así:

Estas son las mañanitas

que cantaba el Rey David.

Hoy, por ser tu cumpleaños

te las cantamos a ti.

Despierta, mi amor, despierta

mira que ya amaneció

ya los pajaritos cantan

la luna ya se metió.

Algunas personas me dicen *"Happy birthday!"* y

otros me dicen "¡Feliz cumpleaños!".

Para mí, éste es un día maravilloso, *a wonderful day*.

"Las mañanitas" es una canción tradicional mexicana. En algunos lugares de México se contratan mariachis para que le den una serenata a la persona que cumple años.

En algunas otras áreas del mundo hispano se cantan distintas traducciones del popular *"Happy birthday!"* estadounidense. Por ejemplo, ésta:

Cumpleaños feliz,
cumpleaños feliz.
Muchas felicidades.
¡Que lo pases feliz!

Y en otras, se cantan otras canciones tradicionales de cumpleaños, como ésta:

Que lo pases muy bien en tu día
te deseamos con sana alegría,
que lo pases en paz y armonía.
¡Felicidad! ¡Felicidad! ¡Felicidad!